关于这套丛书：

对过去、现在、未来的延续性思考，是需要拿出点勇气的。而要完成一种转变，需要付出的恐怕就不仅仅是勇气了。

"中国现代艺术品评丛书"的出版，下意识地为20世纪中国艺术向现代形态转变提供了一点参照数。同时，也作为献给中华民族文化以及她自己的现代艺术家的一分爱心。

广西美术出版社社长、编审

中国现代艺术品评丛书

主　编：水天中

副主编：戴士和

　　　　苏　旅

黄　菁

前　言

20 世纪是中国绘画由古典形态向现代形态转变的历史时代，古今中外各种艺术因素的承接、嬗变、冲突、融汇，构成波澜起伏的艺术奇观。西方绘画自进入中国之后，也是在近百年中得到很大发展。到 20 世纪后期，它已经成为拥有广泛欣赏者的绘画品种。

20 世纪 80 年代是中国人民抛弃了＂左＂的文化专制主义和绘画艺术迅疾繁荣的年代。80 年代的十年中，除了艺术风格的多样化之外，一大批新起的画家成为绘画创作的骨干力量，是这一时期画坛最引人注目的变化。这些画家是从 80 年代开始创作活动的，他们不受拘束地借鉴古今中外的绘画精华，在深入了解、深入思考中国现实物质生活和现实精神生活的基础上，力求创造具有个性色彩的艺术风貌。创作了一批蕴含着中国人的精神、气度、而不一定具备传统绘画形式的作品。在艺术观念和绘画语言的许多方面，都与他们的前辈迥然不同。国内外一些具有敏锐鉴别力的评论家、鉴藏家和绘画爱好者，对这些画家的作品已经给予极大的关注。但在另一方面，他们的艺术仍然没有得到广泛的了解，甚至还被误解和歪曲。＂中国现代艺术品评丛书＂从 80 年代活跃于画坛的画家中，选出代表性人物，分册编选他们的代表作，由画家本人提供创作自述，并请对某一画家有深入了解的评论家撰写专文，对画家的艺术作全面评介，冀此使中国现代绘画得到更多的知音。

中国现代艺术正朝着成熟期发展，本丛书所介绍的画家也都处于各自创作生活的上升期。我知道对他们的艺术创作，还会有种种不同的争论，但他们的创作活动，必将对中国绘画的未来产生越来越多的影响。

1992 年 6 月于美术研究所

黄菁人大气，画画也大气。尽管其在油画样式上花样翻新的不竭试验经常让评论家们摸不着他清晰的艺术形象，但很多同行还是不难在黄菁的"百变风格"中直截了当地辨认出画家个人独立特行的艺术性格：酷爱硬边线条和复杂色层而且极具设计意识——无论是活在古老传说与现代诗歌中的绿色南方山地、还是梦幻般的紫红色女人体和金风凛冽横刀竖叠的荷叶系列。黄菁极端崇尚色彩，在他的笔下，色彩极尽灿烂、富丽、繁复、神秘、微妙之能事，有时甚至让人怀疑画家在挥霍色彩才华方面是否太过奢侈？幸而黄菁是用线高手，狂放霸道的色彩洪流在其坚定有力而雅致有韵的线中演化成有秩序的多声部合唱，从而使我们得以发现颜色与颜色之间、颜色与线之间如此丰富神妙的感人魅力。在这一点上，黄菁在油画上的贡献是不可替代的。

苏旅

黄菁从学画至今，不知去了多少趟苗乡瑶寨，你看这付兴致，依然有画不烦的世界。

趣味乾坤

——黄菁油画的玩兴和唯美走势

◎刘　新

黄菁是文革后回复高考第一批走入艺术院校的学生，也就是现在社会上说的七七级大学生。新中国以来美术创作中特有的情节性创作和"八五思潮"所带来的现代艺术的激进思想，同时交糅于这一拨刚刚迈上创作

1983 年进修于中央美术学院的黄菁

艺途的青年人的实践之中。这种双重价值观的艺术实践在 80 年代中期以前曾是普遍于全国的艺术现象，他们中的许多人都有一种强烈的渴望艺术变革的迫切心情。对形式美的着意追求和努力向集体意识反面逆行的作画姿态，以及尽量轻松地面向自我和自然，即是这种渴望变革的心情所带来的一系列实践的结果，而不像 1990 年以后崛起于画坛的新生代和新锐画家那样天生的潮流取向，或在现代文化生态中自然而然地成长，用不着挣扎似的渴望。然而这拨七七级群体毕竟是带着苏式现实主义的教养进入到时代开放的前沿的，因而，面对新奇百怪的现代西方艺术大潮，很快就表现出一种急切认同、追随的心态。于是，在旧有的写实与新时尚的表现之间摇摆，并在写实的路上推进现代脚步，便成了这代人选择现代取向的一种方法或特点。对此，黄菁也不例外。

黄菁在大学二年级时，背着包袱第一次下乡体验生活，在苗族区生活了一个月，回来后便画了《苗岭艳阳天》。这是一个仍然单一追认苏联现实主义创作方法的青年学子第一次的正规创作，一种极力、刻意，或者善意的在画面中寻找美好、向上的生活情节的

愿望坦然可见，这种从捕捉生活细节中揭示出生活的正面意义的善良愿望一直保持到他1982年的毕业创作时期。事实上，他骨子里对形式美感、对艺术趣味是有强烈偏好的，只是在时代文化的束缚下尚没有成为一种自觉的理性的美学追求。这种追求初露苗头的是1979年他参加"全国第二届青年美展"的《苗山春》。这幅画，他采用了当时油画革新中最常见最流行的色块压线的平涂手法，将桂北高山梯田蜿蜒起伏的空间节奏画得诗意盎然，清新雅致。现在回头看，这是黄菁用最一般的形式法则表现出的青春才情和唯美追求，往后，随着自己思想的深沉和手法的纯熟老练，这种有生活气息、又具有朴素、鲜活的清新手笔不再复得。

然而，人的思维习惯往往带有社会文化的属性，要想在这种已经被文化了的领域之中特立独行，还不那么容易。黄菁画《苗山春》后一年，即是毕业创作。"毕业创作"的沉重包袱又使他掩埋好自己本来已显示出来的个人爱好，于是，很别扭地画了《绣》。这幅画仍然是少数民族题材，手法写实，注重来自生活细节的情调，十足的苏式现实主义和中国风情艺术的结合产物。但这却是黄菁最后一个认同情节写实艺术的阶段。之后，他到中央美术学院油画系研修班学习，时值1983年和1985年中国青年新潮美术风起云涌之时，当间，北京既是一个风向口，也是新潮美术的一个汇演地。此时的黄菁虽然没有在这个被称为"八五美术运动"的前奏阶

苗山春(油画)　　黄菁　1979年

苗岭艳阳天(油画)　黄菁　1978年　　　　　　　　　　绣(油画)　黄菁　1982年

段里冲锋陷阵，但从观念上和作画方式上他已完全是一个热血的新潮青年了。1985年5月他利用搞毕业创作的机会，回南宁与广西艺术学院及省美协的几位同道，认真、疯狂地过了一回现代青年群体为艺术而奋斗的瘾。其状态的史诗性价值对黄菁及这群青年人的艺术生涯而言，堪称空前绝后。

在一个叫北海的边陲小城里封闭一个月，这群青年拿出了一个震动广西美术界的"开始画展"。在这个完全新潮的画展上，黄菁用立体派、野兽派和抽象派的多种手法，自由、舒畅地实验了一批完全背离他过去艺术理念的现代作品。他骨子里的那种对形式美感的玩兴，在这种无人指责无须多虑的年

头里得到了百倍的焕发。由此往后，这种对自我高度认同的姿态使他远远离开了自己并不热衷的写实的情节性绘画，开始大胆、坚定地去实验很多能突破形象束缚的现代艺术的游戏规则，一种自由法度的玩兴随即成为他八九十年代近20年里的油画主线。

黄菁在油画上的玩兴之大，在圈内是出了名的。但这种玩兴与他颇为理性的外表和深厚的学院主义教养形成互为补益的两个光环。应该说，这种补益是中国的艺术进步所需要的，尤其是像他这样在大学里担负着传道、授业的教员更是如此。他十分清楚教员与艺术家应有的界限，不到极端选择的时刻，他是不轻易打破这种边界的。他在画布、

① 1986 年搞"开始画展"时的黄菁
② 受西盖罗斯影响时期黄菁创作的《北海渔妇》系列

③ "开始画展"上的黄菁作品《佛手》
④ 颇有毕加索笔意的《遮阳的女人体》，1989 年黄菁作

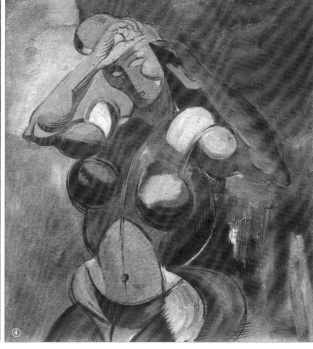

画面上所传达出的那种笔触的力量、肯定的态度、色彩运用的娴熟、造型的坚实和构图、动态的舒服感，无不来自于学院教养的隐性积淀。这种积淀在黄菁身上也好在是隐性的，始终没有成为束缚他自由画画的东西，相反还处处显出优势。这就是有根底与无根底的现代艺术在实践上的根本区别。当然，黄菁的现代风格还在变化，还有更理想的未来，按照他多变的艺术性格和潜力，我们并不急于在黄菁现有的成绩上判定他风格的价值大小，他本质里的那种趋新爱变、崇尚现代趣味的因素决定了他还有许多新的作画空间的可能性。从80年代中期开始，他几乎是每二三年一个阶段性的主题变化和新方向的追求，相继受过墨西哥的西盖罗斯、西班牙的毕加索、罗马尼亚的科·巴巴、法国的雷东、鲁奥和保罗·克利，以及中国传统石窟壁画、儿童画和民间腊染的影响。但这种多面性的尝试或风格性主题的变化，始终贯彻着一条黄菁特有的主线，那就是强烈、有力、

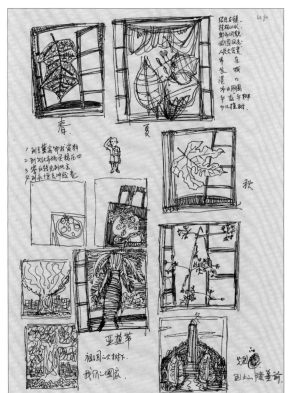
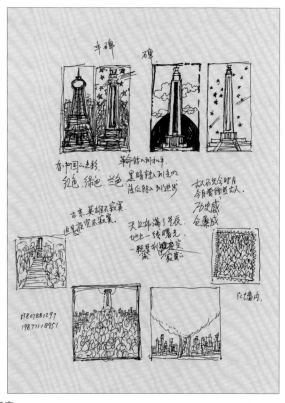

黄菁勾涂于草稿纸上的作品设计稿，以此可见他严谨、用心的程度。

灿烂趣味的美学追求。

这种美学追求的过程，具体到黄菁身上有这么几个时期，1987-1993年是黄菁的蓝色时期，之后便是短暂的红色时期。所谓蓝色时期，是指黄菁为贵州民间腊染图案吸引后，从中得到启发，将腊染表现手法的硬边效果、蓝色基调和平面化处理带入油画的造型与色彩之中，这个阶段的作品以《南方》（1989年）和《桂林山水系列印象》为代表，在此基础上获得经验后，又画出了《河边》（1994年）、《山》（1992年）。其中最有实验性和极端化风格的是《桂林山水系列印象》。所谓红色时期，是指黄菁从90年代中期起，以窗口、房子为借代符号编织的一个个具有童话般情调的系列主题。这种风格的作品相继有《自然之召唤》（1996年）、《折纸的鸟》（1996年）、《兰梦》（1999年）等。然而，不论是蓝色的桂林山水、苗乡情调，还是红色窗口外的童话故事，黄菁一直是在试图表现一种技术的随机乐趣，至于画面中常被用于

1989年黄菁在"全国第七届美术展览会"上与自己的入选作品《南方》合影。

造型的南方亚热带的海、房屋、花草和人物，都是一种文化的物件，反复出现于他那乐趣盎然的笔触与色彩之中，逐渐稳定为他在油画中的常设形象，成为他油画的风格标识之一。当然，这也是浸入他审美意识深处的一种造型情结，久而久之，便挥之不去。面对它，画到它，他便能找到感受，会情思涌动。他在油画中特别偏好红、蓝、黄的基调，他对画面色彩的不同讲究均是在这三种色彩中有所侧重和作强、弱、灰、亮的不同处理的理性结果，让人们能在他的油画中感觉到色彩运用的直率和大胆，仿佛拾回童趣，返朴归真一般。事实上又给人感到每一组色块色与色彩都有很用心的研究，并不随意得来，画中始终透着一种来自专业教养的艺术魅力。

屋里的花瓶(油画)　　黄菁　1993 年

从世界美术史的进程来看，架上绘画的表现手法自 20 世纪以来，已得到极大的丰富和拓展，绘画的理念也随之有了很大的变化，仅从黄菁一个人的个案来看，即可知道由写实出发而演变出的各种各样的表现方式是何等之快，艺术风格演变的空间之大简直令人难以想象。然而具体到实践上来，要拓展一点空间，换一种新的活法，对大多数画家而言却又是另一番的艰难时事。正因为如此，很多同行面对黄菁自如的变化，或者说能破能立的实践过程，真的打心底里羡慕。现在，黄菁又以荷叶荷花为主题，开始画起另一个系列的创作。一张荷叶，趣味乾坤，完全是精神下的形式乐趣。哪怕画中情调再轻盈闪烁，黄菁的个性气度，带有设计性的形式意味和反复涂

艺术体操(油画)　　黄菁　1991 年

写的色层力量，都 使他的画充满了一股崇高的诗意和生命力，并从中找到很多乐趣。黄菁心仪的画家，几乎全是有色层妙处和结构魅力的，即便是一种线的结构，他也崇尚。像杜菲那样轻涂速写的画家，黄菁均没表现出太大的激情。这实在是他的性格对画家的对应选择。

　　黄菁的油画无疑吸收了很多装饰的形式元素，唯美倾向很明显，但却没有因此而失掉油画的坚实、厚重之感，而去顾及社会时尚对油画的通俗性要求。他的玩兴和激情从来都是在很个性很讲空的画面里施展，这样，在很大程度上保证了他油画的学术含量，从而与时下社会上很多缺乏文化底蕴和手头技术的现代。派画家拉开了距离。是的，黄菁有足够的底气去面对未来的艺途，在这个过程中，基础和想像力对他早已不成问题，他所需要的是在充满乐趣的探索中找到自己真正的最好感觉和对自己的游戏规则日臻完善。

2001 年盛夏

图上：室内抽象(油画)　　黄菁　1996 年
图下：临窗(油画)　　黄菁　1987 年

1. 桂林印象（55 × 60cm） 麻布油画　1992 年

2. 晨意（80 × 60cm） 麻布油画 1993 年

3. 秋晨（85×65cm） 麻布油画 1993年

4. 女娲（80 × 60cm） 麻布油画 1992 年

5. 河边（120 × 120cm） 麻布油画 1994 年

6. 折纸的鸟（35 × 45cm） 麻布油画 1996 年

7. 热恋春日（35 × 45cm） 麻布油画 1997 年

8. 窗前石榴（110 × 110cm） 麻布油画 1999 年

9. 兰梦（110 × 110cm） 麻布油画 1999 年

10. 海边（150 × 150cm） 麻布油画 1999 年

11. 秋意（110 × 110cm） 麻布油画 1999 年

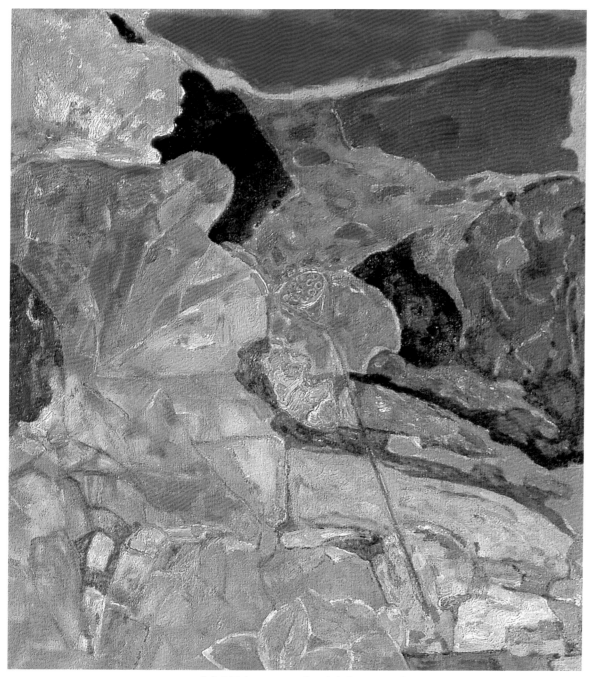

12. 金荷青风（60 × 55cm） 麻布油画 2001 年

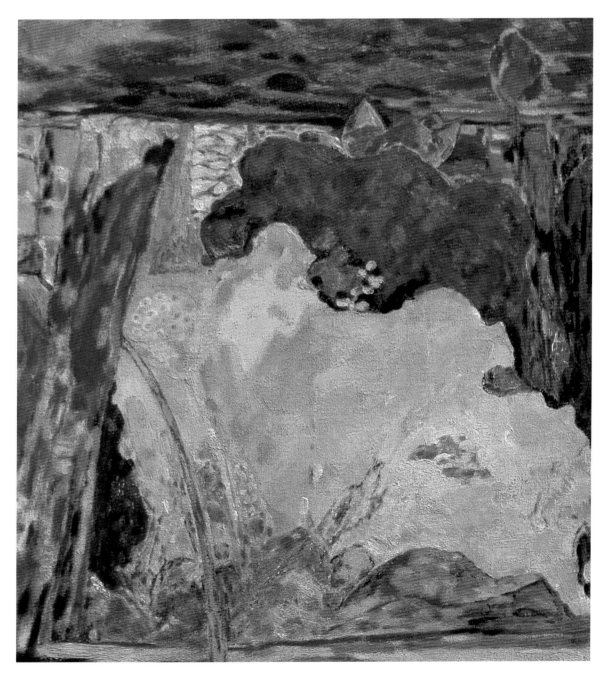

13. 金荷黄昏（60 × 55cm）　麻布油画　2001 年

14. 残叶新花（60×55cm） 麻布油画 2001 年

15. 老荷之一（110 × 110cm）　麻布油画　2001 年

16. 老荷之三（110 × 110cm） 麻布油画 2001 年

17. 黑荷（110 × 110cm） 麻布油画 2001 年

18. 荷塘深处（110 × 110cm） 麻布油画 2001 年

19. 荷塘夜色（60 × 55cm） 麻布油画 2001 年

20. 朝荷（110 × 110cm）　麻布油画　2001 年

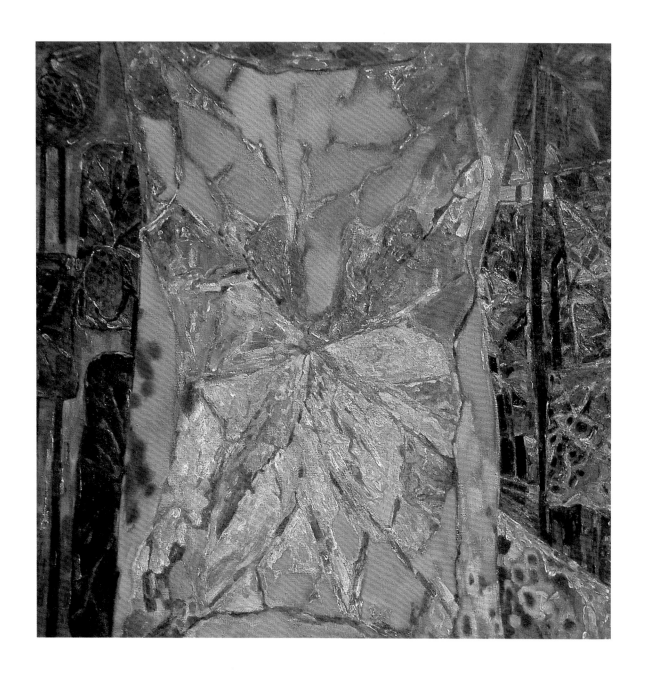

21. 残荷（110 × 110cm） 麻布油画 2001 年

22. 白莲（60 × 55cm） 麻布油画 2000 年

23. 青花淡叶（60×55cm） 麻布油画 2000 年

24. 秋叶（110×110cm） 麻布油画 2001年

图 目

创 作 自 述

黄菁

我不知道其它行档怎么样，反正我觉得绘画是最令人幸福和快乐的行档。你甚至可以很清高，不用跟外界沟通，无需看别人的脸色，也不用与他人合作就能完成。独自欣赏自己的手艺和成果，不需赞扬，也可以免听批评，在画布上独往独来和自由遐想，自言自语的在内心天地里漫步。

假如你有雄心大志，想在有生之年名利双收。那你也可以很功利，把绘画作为获利手段，为别人画张肖像，弄张插图，作点设计，或者是做个签约画家。总之，社会上的行行业业都离不了这门手艺。要想谋碗饭吃，或是用来取悦于他人，倒也很容易。用时下领导们的话说：是为社会作贡献。

我庆幸自己的选择，庆幸自己选择了这门有时候很有用、有时候又很无用的手艺。我要在这里感谢那些在我几十年绘画学习过程中给予我帮助和支持的朋友、老师和我的家人。

我相信绘画起于摹仿的快乐和对自己能力的欣赏，以及对物象细节的迷恋。学画之初的劲头和持续走下的勇气都来自于这种兴奋。我无法想象那些很理智的、一开始就把绘画作为获取收益手段的"设想"能让一个人有如此长久的兴趣。

绘画的乐趣就在于实现你感受到的并希望重现的那些形状，把你的内在和谐在画布上显现出来。这个显现的过程充满了奇妙的经历，你的意念会在兴奋和沮丧、自信和自卑相互交织，在必然和偶然、理智和直觉相互叠加的情景中得以体现。

有时候画得顺手起来会得意忘形，要什么有什么，笔底生花。有时候方法用尽，伎俩使绝，想要的效果却无法出现。这时你会一愁莫展，甚至陷入自我怀疑的苦恼之中。如果遇到这样的情况，几天都不起精神，欲罢不能，又不知如何下笔，这苦苦挣扎的滋味给绘画带来了丰富的刺激和挑战。一涨一落，柳暗花明，当你长时间的在画布前思索，一直不得要领的时候，偶然会因为一个念头的闪动，使你见到了曙光，画面随之改观，得以"起死回生"。

绘画的秩序总是在浑沌中建立。"必然"总是通过"偶然"来显现。每一笔都是已知同时也是未知的，下一步的道理是由上一步的结果所引发出现的。所谓"和谐"，即是由笔笔相连、色色相扣的内在秩序所构成。

越是事先想好的，越难真正实现，到后来往往与先前的构思相背离。绘画的有趣之处即在于随想的伸展引领着你的思维和判断，当你在往前走时，对技术的迷恋和理性的分析会使你偏离你的真实愿望。画面的实现是在使用技术和抛弃技术、运用理智和跟随直觉的两难中得以完成的。我们现在要学习的就是将来要丢弃的，或许是想丢也丢不掉的东西。

"知识就是力量"[培根语]。然而 "知识也是负担"[陈平语]。文化的影响无处不在，它深藏于民族的骨髓之中。绘画的魅力往往在于利用和对抗文化影响的过程中，绘画的苦与乐也同样是在索取和放弃的选择之中。

创作年表

黄　菁，广东汕头人，1956 年生于广西柳州

1981 年毕业于广西艺术学院美术系油画专业，获文学学士学位，同年留校任教。1986 年毕业于中央美术学院油画研修班。现为广西艺术学院美术系教授，美术系副主任。中国美术家协会会员，中国油画学会广西分会副会长。

展　　览：

1982　油画《苗山春》参加"广西少数民族风情展"［北京］

1986　油画《佛与琵琶》等 18 幅作品参加广西"开始画展"

1987　油画《射击》参加"广西建军 60 周年作品展"［南宁］　　　　　　　　　　　　获三等奖

1988　油画《花》参加"广西美术作品展"［南宁］　　　　　　　　　　　　　　　　获二等奖

1988　油画《临窗》参加"首届中国油画展"［上海］

1989　油画《南方》参加"第七届全国美术作品展"［南京］

1992　油画《山》参加"第一届中国油画艺术展"［北京］

1993　油画《桂林印象》系列组画等 18 幅作品参加"南方艺术家之梦"二人联展［南宁］

1994　油画《河边》参加"第二届中国油画艺术展"［北京］

1994 油画《秋天的童话》参加"第八届全国美术作品展" ［广西展区］ 获广西三等奖

1995 油画《天外飞来的蝴蝶》《房中的木偶》参加"广西油画邀请展"［南宁］

1996 油画《自然之召唤》参加"首届中国油画学会展"［北京］

1997 油画《红色寓言》《纸折的鸟》参加"广西油画精品展"［南宁］

1999 油画《海边》参加"第九届全国美术作品展"［北京］

2000 油画《秋天》参加"全国五自治区美术作品展"［银川］ 获金奖

2000 油画《山晨》参加桂林中日联办的"森林、水与人"绘画作品展［桂林］ 获佳作奖

2000 油画写生风景 7 幅参加广西贵港"来自太平天国故乡的写生"作品展［北京］

2001 油画写生风景 6 幅参加"广西油画邀请展"［南宁］

出　版：

1999 作品入选《中国现代美术全集·油画》 天津人民美术出版社

1994 作品入选《首届中国油画学会展作品集》 广西美术出版社

1994 作品入选《第二届中国油画艺术展作品集》 广西美术出版社

1994 作品入选《中国油画》第 3 期 天津人民美术出版社

1999 作品入选《中央美术学院油画系研修班作品集》 广西美术出版社

1997 作品入选《中国风景油画》 广西美术出版社

1999 作品入选《广西美术五十年》 广西美术出版社

2000 作品入选《中国南方油画十六家》 广西美术出版社

中国现代艺术品评丛书
主编 水天中

杨飞云	孙为民	朝 戈	刘小东	尚 扬
丁 方	陈钧德	戴士和	许 江	曹 力
宫立龙	谢东明	马 路	石 冲	阎 平
丁一林	刘 溢	洪 凌	贾涤非	喻 红
申 玲	段正渠	吕建军	张冬峰	崔国强
贾鹃丽	黄 菁	祁海平		

　　一套展示 20 世纪末中青年艺术家图式风格的丛书; 她向所有有成就的艺术家敞开大门。
　　一套记录了一个翻天覆地巨大变迁时代的宝贵美术史料; 众多探索者在这里留下不可磨灭的足迹。

图书在版编目（CIP）数据

黄菁／黄菁绘.—南宁：广西美术出版社，2001.12
（中国现代艺术品评丛书）
ISBN 7-80674-144-5

Ⅰ.黄…　Ⅱ.黄…　Ⅲ.油画－作品集－中国－现代
Ⅳ.J223

中国版本图书馆CIP数据核字（2001）第089657号

黄　菁

中国现代艺术品评丛书

主　编：水天中
副主编：戴士和
　　　　苏　旅
出版人：伍先华
出　版：广西美术出版社
经　销：全国各地书店
制　版：深圳市彩帝毕升实业有限公司
印　刷：深圳市彩帝印刷实业有限公司
开　本：1194 × 889　1/24　3印张
2002年1月第1版第1次印刷
印　数：1000
书　号：ISBN 7-80674-144-5/J·79
定　价：28.00元